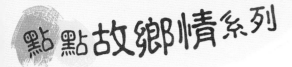

點點故鄉情系列

廚房有隻東北虎

何巧嬋 著

黃裳 繪

森林之王

新雅文化事業有限公司
www.sunya.com.hk

點點故鄉情系列

廚房有隻東北虎

作者：何巧嬋

繪圖：黃裳

責任編輯：張斐然

美術設計：劉麗萍

出版：新雅文化事業有限公司

香港英皇道499號北角工業大廈18樓

電話：（852）2138 7998

傳真：（852）2597 4003

網址：http://www.sunya.com.hk

電郵：marketing@sunya.com.hk

發行：香港聯合書刊物流有限公司

香港荃灣德士古道220-248號荃灣工業中心16樓

電話：（852）2150 2100

傳真：（852）2407 3062

電郵：info@suplogistics.com.hk

印刷：中華商務彩色印刷有限公司

香港新界大埔汀麗路36號

版次：二〇二二年八月初版

ISBN: 978-962-08-8078-0

給小讀者的話

　　外婆很煩惱，最近廚房裏的食物經常無緣無故地消失了，會是老虎偷吃了嗎？

　　什麼！家中有老虎？

　　是的，思齊家裏有一隻鼎鼎大名的「東北虎」，與他相親又相愛。

「奇怪，奇怪！明明放得好好的，怎麼又不見了呢？」

思齊的外婆在廚房裏東找西找，找了好一會，自言自語地說。

外婆在找什麼？

4

上個月朋友送來一盒豬肉乾，外婆放在廚櫃裏，現在卻遍尋不見。

　　外婆想起了，上星期冰箱裏放了滿滿的一盒炸雞，第二天只剩下兩三件，其他的都不翼而飛。

　　奇怪，真奇怪！

對於廚房裏的食物離奇失蹤，除了外婆外，其他家人似乎不介意。

　　思齊爸爸開玩笑安慰外婆說：「可能有一隻老虎進了廚房。」

　　「老虎？我們家住在 20 樓啊！」外婆沒好氣的說。

「說不定是一隻會搭電梯的老虎！」思齊媽媽微笑搭訕。

　　會搭電梯的老虎，太有趣了！思齊不禁哈哈大笑起來。

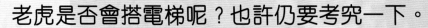

老虎是否會搭電梯呢？也許仍要考究一下。

不過，王思齊家裏倒真的有一隻「老虎」，而且，是鼎鼎大名的「東北虎」。

思齊的外公虎年在東北黑龍江省出生。又是虎，又是龍，真夠氣勢！

朋友給外公取了一個綽號——「東北虎」。

外公喜歡老虎，也很喜歡這個綽號。

外公最愛給思齊講老虎的故事。

「思齊，你看，老虎的頭又大又圓，前額三條黑色
橫紋，中間一豎，就是『王』字。」

「老虎就是『森林之王』！」

「『王』正是我們的姓氏。」外公神氣地說，朗聲
大笑：「哈哈，哈……」

外公額頭上現出了一條一條，又粗又深的皺紋。

9

思齊用手捧着外公又大又圓的臉龐，外公下巴濃密的鬍鬚根刺得他的手有點癢。

　　思齊細數：「一、二、三、四、五」。

　　「外公，你額頭上有五條橫紋，比老虎更厲害。」思齊向外公豎起大拇指。

　　「哈哈，哈哈……」外公笑得更起勁，從沙發跌坐到地板上。

外婆剛從街市買菜回來，一打開大門，就搖搖頭說：「外公，你這頭『東北虎』，嗓門真的夠大了，連樓下的管理員都聽見你的笑聲。」

「噓！」外公扮個鬼臉，示意思齊：「好，我們安靜一點！」

這隻「老虎」其實很溫柔，最聽外婆的話。

東北虎是體型最大的老虎，堪稱「虎中之王」。

外公身高 190 厘米，體重 95 公斤，絕對是個大塊頭，與「東北虎」的稱號相襯。

從思齊讀幼稚園開始，外公每天接他放學，小思齊老遠就可以在家長羣中看見外公。

高大威猛的外公背着小書包，拖着思齊的小手，一老一少，昂首闊步往回家的路上走。

這隻「老虎」朋友多。

從街頭走到街尾，遇上不同街坊，嘻嘻哈哈，談天說地。

本來十多分鐘的路程，
兩爺孫用上差不多一小時才
回到家。

外婆不禁抱怨：「左等右等都不見你們回來，真把我擔心壞了！」

「老婆，對不起！」外公搔搔花白的頭髮。

「我們遇上了……」外公柔聲地解釋。

「下次會先打個電話回來告訴你。」外公說。

這隻「老虎」其實很溫柔，最聽外婆的話。

東北虎不怕冷，冰天雪地，來去自如。

外公也不怕冷，冬天只愛穿薄薄的單衫。

當外婆叫外公加衣的時候，他總是皺一皺眉頭，不屑的說：「香港的冬天，算什麼冷？」

黑龍江的冬天，最低溫度零下攝氏三十度，下一夜大雪，積雪就會堆到膝蓋那麼高。

「零下三十度，究竟有多冷？」思齊問。

「那是一個潑水成冰的世界。」

黑龍江的冬天，人人都
要從頭到腳包得暖暖的。
　　大人常常跟我們說：
「孩子，小心呀，不要
凍掉了耳朵。」

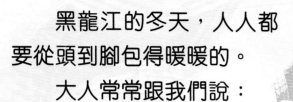

如果在戶外撒一泡尿，尿
尿立即變成小冰柱。
　　「嘩！好冷呀！」
　　思齊不禁摸一摸自己的耳
朵，打了一個哆嗦。

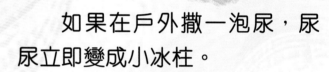

白雪皚皚，銀光閃閃，是東北虎活躍的時候。

外公說得興起，瞪起一雙圓眼睛：「嗷嗚！」扮着老虎的吼叫。

思齊也扮小老虎，騎上外公的「虎背」，「嗷嗚，嗷嗚……」、「嗷嗚，嗷嗚……」

兩爺孫在屋中爬着玩。

外婆沒好氣的說：「你們大小兩隻老虎，小心不要把花瓶打爛！」

「知道！」外公扮個鬼臉，對思齊說：「好，兩隻老虎來看書！」

這隻「老虎」其實很溫柔，最聽外婆的話。

最近這半年，外公已經不再和思齊玩小老虎騎大老虎的遊戲了，愛大踏步的外公，步速也放緩了。

就算沒有遇上朋友，原本十多分鐘的路程，外公都要用上半小時，有時還帶一點氣喘。

或快或慢，思齊都喜歡外公接他放學。

老虎身手敏捷，在森林裏，能快速追捕獵物，是天生的獵手。

東北虎體型龐大，食量也十分驚人。

每頭東北虎每天吃十多公斤的肉，一年就要吃四百多公斤的肉呢！

思齊摸一摸外公的大肚皮說：「怪不得，外公也喜歡吃大塊大塊的肉。」

正在廚房忙碌的外婆聽到思齊的話，探頭出來說：
「醫生說，外公要減肥啦！以後要少吃肉。」
　　外公聳聳肩，滿不在乎地向外婆豎起大拇指：「誰
叫你煮的飯菜這麼好吃！」

要東北虎少吃肉？
要外公減肥？
可真不容易！
外公和爸爸最愛吃韭菜盒子，香脆的外皮，
煎得金黃金黃，一口咬下去，韭菜、蝦米、肉
碎都溢出來了……

思齊不喜歡韭菜強烈的味道，外婆為他準備了香噴噴的雞蛋煎餅。

　　外婆將外公堆得高高的韭菜盒子挪開，把一碗澄黃的小米粥放在外公的面前：「小米粥最有益，你就多喝幾碗吧！」

　　「唉！東北虎竟然要喝小米粥。」外公苦着臉抗議說。

昨晚，天氣突然轉冷，晚飯的時候，外婆捧出熱騰騰的酸菜白肉鍋。

酸溜溜的白菜，配上肥滑滑的五花肉，真是讓人直吞口水呀！

外婆用筷子在火鍋裏夾了菜、木耳和豆腐,放在外公的面前:「外公吃這個吧,很健康。」

「唉！你們何時見過吃豆腐的東北虎。」外公一邊吃，一邊搖頭。

今天，外婆又在廚房裏找了大半天，奇怪地問：「冰箱裏明明放了一大盆豬肉燉粉條，現在卻不見了？」

思齊媽媽微笑地回答：「外婆，昨晚深夜時分，廚房來了一隻老虎！」

爸爸眨一眨眼睛，接着說：「一隻飢餓的東北虎！」

外公若無其事，神態自若地說：「都說過，
老虎不是吃素的！」
　大家笑得人仰馬翻。

思齊攬着外公親了又親，無論吃素還是吃肉，
外公是思齊最愛的「老虎」。

給伴讀者的話

中國幅員廣闊，「一方水土養一方人」，南、北地區無論氣候、飲食、自然生態，甚至在人們的體型上都有不少差別。香港是南端的小嶼，黑龍江是中國最北的省份，兩地人們的生活習慣截然不同。筆者希望透過東北外公三代同堂、樂也融融的故事展現東北大漢的獨特個性，也體現長幼相親的濃情、天倫共聚的和諧，一起珍惜敬老護幼的傳統美德。

書後附有延伸活動，小朋友可以探索自己家鄉的風物人情，豐富對家鄉的認識。

老虎頭上「王」字的傳說

中國傳說老虎是森林中最活躍、最兇猛的動物。抓、撲、咬、剪、衝、躍等武藝樣樣精通，雄霸四方。玉皇大帝聽說老虎勇猛無比，便將牠召上天宮，成為了玉皇大帝的殿前衛士。

老虎任職天宮後，森林沒有了霸主，飛禽走獸便放肆起來，四出破壞，遺害人間，給人們帶來了巨大的災難。土地神無計可施，只好呈報玉皇大帝，請求玉帝派遣天神鎮住百獸。最後玉皇大帝決定派勇猛的老虎下凡震懾橫行的猛獸。老虎好勝，信心滿滿，非常樂意回到凡間平亂，更向玉皇大帝請求：每打贏一仗便獲記一功。玉帝為求早日恢復人間安寧，也就答應了。

老虎回到凡間，發現當時地上最厲害的三種動物分別是：獅子、野豬和狗熊。老虎與牠們一一決戰，憑着高超的武藝、勇猛的氣概，老虎連勝三仗，其他野獸都給老虎嚇壞了，紛紛跟隨獅子、野豬和狗熊落荒而逃，跑到人跡罕見的叢林裏躲起來。從此，地上百姓不再受到猛獸滋擾，玉皇大帝高興極了，便用毛筆在老虎的頭上畫了三橫，以表三功。

地上剛剛平靜下來，海中的龜怪又起來攪擾作亂，大批蝦兵蟹將更趁機搗蛋，老虎二話不說，一躍跳入大海，咬死龜怪，除去了海中大害。玉皇大帝接報非常高興，要給老虎再記一功。玉帝提起大筆又在牠的額頭上畫了一豎，連貫先前的三橫，從此，老虎頭上就有了個「王」字，威風凜凜，虎勁十足！

森林之王

家族小記者：探索家鄉的風俗習慣

　　小朋友，你知道你的家鄉在哪裏、爸爸或媽媽的家鄉在哪裏嗎？你對家鄉有多少了解呢？請你化身小記者，採訪家中的長輩，問問家人以下幾個問題，調查一下家鄉的風土人情、風俗習慣。

1. 你的家鄉在哪裏？

   _____

2. 你的家鄉有特別的風俗文化嗎？

   _____

3. 你家鄉的飲食有什麼特點？

   _____

4. 你的家鄉有哪些名人？

   _____

　　你還可以設定更多的問題，然後把答案記錄在一個小本子內；你也可以從網上找照片或畫出家鄉的名勝、特產等，整理一本屬於你自己的家鄉資料簿，再和朋友們分享一下吧！

作者簡介
何巧嬋

　　香港教育大學榮譽院士、澳洲麥覺理大學教育碩士。

　　曾任校長，現職作家、學校總監及香港教育大學客席講師。

　　主要公職包括多間學校校董、香港康樂及文化事務署文學藝術專業顧問、香港兒童文藝協會前會長等。

　　何巧嬋熱愛文學創作，致力推廣兒童閱讀，對兒童成長和發展有深刻的認識和關注。

　　截至 2022 年為止已出版的作品約 180 多本，其中包括《香港兒童文學名家精選：養一個小颱風》、《成長大踏步》系列及《嘻哈鳥森林故事叢書》系列等。

繪者簡介
黃裳

　　香港自由職插畫師，先天失聰，自小受父母熏陶喜歡藝術，立志要成為畫家。2011 年畢業於廣州美術學院油畫系學士，2014 年畢業於廣州美術學院版畫系藝術碩士。目前所有作品都喜歡加入版畫紙質、鉛筆及粉筆等營造手繪感覺。至今曾為多間出版社負責繪本插畫；也為不少品牌設計海報及宣傳刊物，例如：Lululemon、Panasonic、The Forest、美心、無國界醫生等。